Mía y el reto del chocolate

Escrito por Janeen Brian
Ilustrado por Claire Keay

Lee Aucoin, *Directora creativa*
Jamey Acosta, *Editora principal*
Heidi Fiedler, *Editora*
Producido y diseñado por
Denise Ryan & Associates
Ilustraciones © Claire Keay
Traducido por Santiago Ochoa
Rachelle Cracchiolo, *Editora comercial*

Teacher Created Materials
5301 Oceanus Drive
Huntington Beach, CA 92649-1030
http://www.tcmpub.com
ISBN: 978-1-4807-4038-9

Mía estaba en la panadería, escogiendo un molde de caballo para hacer un animal de chocolate.

—¿Qué tal una forma de conejo o de tortuga? —preguntó su papá. Mía negó con la cabeza. Su papá pagó al empleado el molde plástico de caballo y un poco de chocolate.

—Es para el cumpleaños de Ben —dijo Mía.

—¿Le gustan los caballos? —preguntó su papá.

—Sí —respondió Mía.

—¿Tanto como a ti? —su padre se rio.

Mía sonrió y abrazó el molde de caballo.

Cuando regresaron a casa, Mía ayudó a su papá a revolver el chocolate. Pronto, estuvo tibio y cremoso.

—Ahora lo verteremos en el molde —dijo su papá. Mía puso el molde en un lugar fresco.

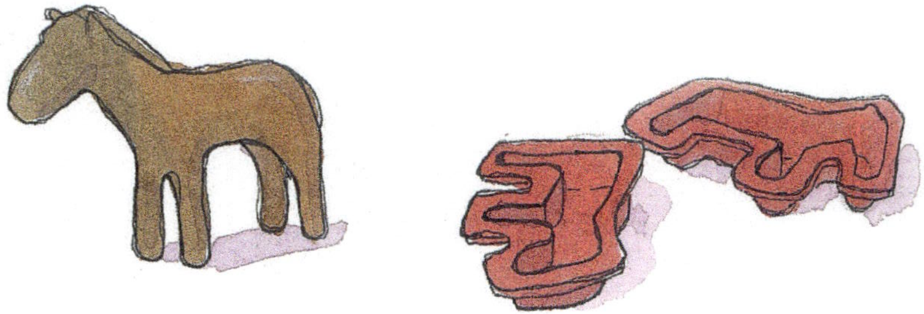

Cuando el chocolate estuvo duro y frío, abrieron el molde. Había un caballo café.

—Chocolatto —susurró Mía. Era su nombre secreto; el secreto más grande que tenía.

Mía y su papá envolvieron el caballo de chocolate para el cumpleaños de Ben.

—¡Recuerda! Primero te encuentras con Jay y luego vas directo a la casa de Ben —dijo su papá—. Diviértete, Mía.

La casa de Jay quedaba un poco más allá, al lado del campo verde donde vivía Chocolatto.

Mía tenía tiempo para verlo antes de la fiesta. Chocolatto estaba junto a la cerca, como si la estuviera esperando.

—¡Hola, Chocolatto! —dijo Mía mientras le acariciaba el hocico caliente y café. Chocolatto era el nombre especial que tenía para él. Mía no sabía cuál era su verdadero nombre y no le importaba.

Mía amaba a Chocolatto, y en el fondo de su corazón, le pertenecía a ella. Era su secreto.

Mía arrancó un poco de hierba.

—Mira, Chocolatto —le dijo. Él la mordisqueó complacido.

Entonces, tuvo una idea maravillosa. Desenvolvió el regalo con mucho cuidado. Levantó el caballo de chocolate.

—Mira lo que hice, Chocolatto —dijo—. Es como tú.

Chocolatto abrió su boca babosa y se acercó para darle un mordisco.

—¡No! —gritó Mía, apartando el caballito de chocolate, el cual se golpeó contra el poste de la cerca y se partió en dos.

—¡Ay, no! —Mía se echó al suelo. Le brotaron lágrimas de los ojos. ¿Qué le daría ahora a Ben?

Mía permaneció sentada tanto tiempo que el sol calentó el chocolate y comenzó a derretirlo. Mía no sabía qué hacer. Le temblaban los dedos. Sin embargo, intentó unir los pedazos de chocolate.

Quería llorar. ¡Su caballo parecía una gran masa sin forma!

Mía no quería ir a la fiesta. Quería arrojar el chocolate al río e irse a casa. Pero Jay la estaba esperando. Y Ben también.

Mía envolvió el regalo lo mejor que pudo. Con la cabeza agachada, fue con Jay a la casa de Ben.

—Feliz cumpleaños, Ben —le dijo, y apartó la mirada.

—¡Gracias, Mía! —Ben abrió el regalo—. ¿Tú lo hiciste? —preguntó. Mía asintió.

—Es genial, Mía, ¡las tortugas son mis animales favoritos! —exclamó Ben.

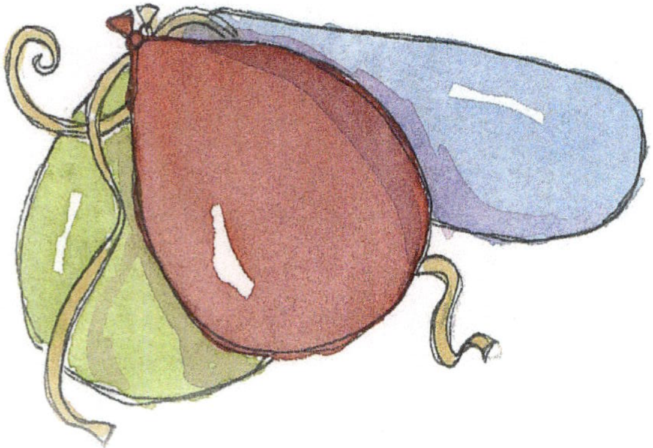

Mía observó el regalo. Parecía una especie de tortuga.

—No sabía que te gustaban las tortugas —dijo ella.

—Es mi secreto —Ben se rio. Y ella también.

Mía lo sabía todo en materia de secretos.